LE CULTE

DE

SAINT-GENGOULT

À MONTREUIL-SUR-MER

PAR

A. BRAQUEHAY, FILS

AMIENS

TYPOGRAPHIE DELATTRE-LENOEL

32, RUE DE LA RÉPUBLIQUE, 32

1883

LE CULTE

DE

SAINT-GENGOULT

A MONTREUIL-SUR-MER

PAR

 A. BRAQUEHAY, Fils

AMIENS

TYPOGRAPHIE DELATTRE-LENOEL

32, RUE DE LA RÉPUBLIQUE, 32

1884

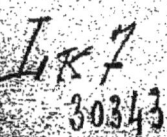

LE CULTE DE SAINT-GENGOULT

à Montreuil-sur-Mer.

On ne saurait préciser l'époque de l'introduction du culte de Saint-Gengoult en Flandre, en Artois et dans le Boulonnais. De toutes les conjectures auxquelles, à défaut de documents, il est permis de se livrer, la plus vraisemblable est celle qui la fait remonter au temps de la domination de la maison de Bourgogne dans ces contrées.

En effet, originaire de Bourgogne (1), Gengoult, Gendulphe ou Gandouffe était pour ses compatriotes l'objet d'une grande vénération au moyen-âge (2) ; il n'y aurait donc rien de surprenant qu'ils aient importé son culte chez nous.

Montreuil est du Nord de la France la ville où il semble avoir été le plus suivi.

(1) Un chef-lieu de canton de l'arrondissement de Macon porte le nom de Saint-Gengoult le Royal.

(2) Dom Sigebert de Gemblours, hagiographe du xiᵉ siècle, dit de Saint Gengoult : Sanctus Gengulphus claret in Burgundia qui etiam martirii claruit gloria.

A une époque jusqu'à présent restée inconnue, une chapelle spéciale sous le vocable de Saint Gengoult avait été construite dans la rue qui porte ce nom, sur l'emplacement d'une fontaine dite miraculeuse que beaucoup prennent à tort pour celle dont il est parlé dans la légende (1), et telle était alors l'affluence des fidèles, tant de la ville que du dehors, qu'à certains jours de la neuvaine, qui commence le 11 mai (2), on avait peine à y pénétrer pour puiser de l'eau (3) et, suivant un ancien usage, faire bénir à la statue équestre du saint placée au dessus de l'autel, les objets les plus divers et, avant tout, les enseignes ou médailles vendues par de nombreux patenostriers installés dans ses abords.

Quelques-unes de ces médailles sont parvenues jusqu'à nous. Ce sont des pièces de petit module, frappées sur cuivre, en bractéate, dans la première moitié du xvie siècle, et sur lesquelles le saint est représenté couronné, vêtu d'un long manteau et tenant une longue épée de la main droite. Autour on lit cette légende :

S. Gangoul (4).

(1) V. *Les Fleurs des vies des Saints recueillies par le R. P. Ribadeneira de la Compagnie de Jésus*. Rouen, 1662, t. I, p. 543.

(2) Le martyrologe Romain fait mention de la fête de Saint Gengoult à la date du 11 mai. Cependant plusieurs églises la célèbrent le 12 et d'autres le 13. A Maëstricht l'office en est dit le 9.

(3) Cette fontaine se trouvait au centre de la chapelle. Elle a tout l'aspect d'un puits dans lequel on descendait au moyen de marches dont plusieurs sont encore existantes. V. sur les Puits et sources dans les églises, *Revue de l'art chrétien*, t. xxix p. 257 et t. xxxiv p. 282.

(4) Dancoisne, *Les Médailles Religieuses du Pas-de-Calais*, p. 110 et pl. xxxvi n° 302 du t. xii de la 2e série des *Mémoires de l'Académie d'Arras*.

Nous aurions voulu sauver de l'oubli les noms des bienfaiteurs de la chapelle de Saint Gengoult ; mais sur ce point nos recherches sont restées infructueuses. Toutefois nous sommes heureux de reproduire ici la note suivante qui nous fait connaître l'un de ceux qui contribuèrent le plus à sa décoration lors du passage à Montreuil, en 1658, de Louis XIV, de la Reine mère et du cardinal Mazarin :

« Le Jeudi seize may mil six cens cinquante huit, le Roi et la Reine de France arrivèrent en ceste ville, y restèrent jusqu'au Dimanche dix-neuf may et partirent pour Boulogne (1). Pendant ce séjour, Messire François de Cominges, seigneur de Guitau, fit don à la chapelle de Saint Gandouphe d'un calice et patène, deux burettes et plat d'argent, chasuble, rideaux et devant d'autel de damas incarnat. Le calice sur le pied, les burettes sur le devant, le plat au milieu, le devant d'autel aux deux costés de la Croix, sont décorés des armoiries dudit seigneur au milieu desquelles sont empreintes quatre amandes (2). »

---

(1) Louis XIV quitta Montreuil non pour se rendre à Boulogne, mais à Saint-Omer et de là à Dunkerque assiégée par Turenne. Il était suivi de sa maison et de cinq régiments, dont deux d'infanterie et trois de cavalerie. *Archives hospitalières de Montreuil.*

(2) Note recueillie en 1755 par l'abbé Dubocquet, curé de Saint Josse au Val, et que nous devons à l'obligeance de M. Eugène Duval. D'après un recueil de la bibliothèque d'Arras que M. Henry Loriquet, archiviste en chef du département, a bien voulu consulter pour nous, les Cominges portent : *de gueules à quatre otelles* (amandes pelées) *d'argent mises en sautoir.* Devise : *En croyant nous amendons,* qu'ils prirent en renonçant au protestantisme.

Le comte de Cominges était un des aides de camp de Louis XIV, et le roi l'honorait de sa bienveillance et même de sa familiarité. Il

La Chapelle de Saint-Gengoult à Montreuil était parfois aussi mentionnée dans les testaments. C'est ainsi que le 6 août 1665, après avoir exprimé le désir d'être inhumé « dans la cave sous le grand autel » de l'église Saint-Pierre, sa paroisse, où reposent ses aïeux, et avoir légué diverses sommes à cette église, à l'hôtel-Dieu, à la Confrérie de la Charité, au couvent des Carmes et à l'hospice des Orphelins, Messire Bertrand des Essars, chevalier, seigneur de Meigneulx et d'Ambricourt, charge Gabrielle Moullart, son épouse, de remettre celle de « quarante solz à l'église Saint Gendulphe à la charge » de dire (à son intention) une messe pendant la neuf- » vaine (1). »

Depuis longtemps, les habitants de la paroisse Saint Josse au Val, dont dépendait cette chapelle, étaient en instances auprès des chanoines de la collégiale de Saint Gengoult, de Toul, pour en obtenir une parcelle des reliques de leur saint patron (2). Aussi fut-ce pour eux un véritable

fut l'inventeur d'une bombe d'une grosseur considérable dont Louis XIV fit grand usage au siège de Mons et de Namur. Comme M. de Cominges avait près de six pieds de hauteur et autant de circonférence, le Roi dit un jour : « ces bombes prodigieuses ressemblent bien à Cominges ; il faut leur donner son nom ; mais il ne me le pardonnera jamais, s'il vient à savoir que je les lui ai comparées. » De là ce nom leur resta, et telle en est l'étymologie. *Jugement sur quelques ouvrages nouveaux*, t. IV.

(1) *Archives hospitalières de Montreuil*.

(2) La lettre adressée par les Curé et paroissiens de Saint Josse au Val au chapitre de Toul, lettre d'autant plus intéressante qu'elle devait renfermer de curieux détails sur l'introduction du culte de Saint Gengoult à Montreuil, ne se trouve ni à la bibliothèque de Toul ni aux Archives départementales de la Meurthe et Moselle.

événement d'apprendre que leur demande avait enfin
été favorablement accueillie. Voici en quels termes la
nouvelle leur en fut annoncée :

Lettre de Messieurs les Doyen, Chanoisnes et chapitre
de Saint Gendulphe ou Gengoul, de Toul, addressée à
Messieurs, Messieurs les Curé, Marguilliers et Paroissiens
de l'église paroissiale de Saint Josse-au-Val (1) de
Monstreüil sur la Mer en Picardie, à Monstreüil sur Mer.

Messieurs,

« La peine que nous avons eue à nous résoudre de
confier aux Pères Capucins de cette ville de Toul le cher
présent que nous avions destiné pour une chapelle de
St-Gengoul, par ce que vous nous aviez nommé un
écolier de l'Université de Paris pour vous le faire tenir,
a fait un état très agréable en ce que, vous étant ressou-
venu du Révérend Père Coupier, prieur du couvent des
Pères de Saint Dominique d'ici (2) et votre concitoyen,
qui tout à point quitte le pays pour s'en retourner au
voisinage du vostre, c'est à lui que nous nous sommes
arrestés ; et il vous doit rendre cette relique dans un
bourseron de brocart or et argent qu'en sa présence

(1) Dans l'authentique des reliques délivré par eux les chanoines
s'adressent aux paroissiens de l'église Notre-Dame du Val Saint Josse
à Montreuil « Ecclesiæ Beatæ Mariæ Virginis de Valle Sancti Judoci
Monstroliorum. »

(2) M. le bibliothécaire de la ville de Toul n'a pu, malgré les
recherches auxquelles il a bien voulu se livrer, nous procurer aucun
renseignement sur ce personnage dont la famille existait encore
Montreuil au commencement de ce siècle.

nous avons fait enfermer dans une boëte de sapin que vous trouverez enfermée dans un papier bien fermé et cacheté de cire d'Espaigne sur laquelle sont empreintes les armes de nostre chapitre et église qui sont une main escorchée, armes emportées (*sic*) de l'histoire de nostre glorieux patron (1), étant la seule précaution que nous avons jugé nécessaire pour vous assurer sa précieuse relique puisque la fidélité de vostre concitoyen, le Révérend Père Coupier, vous est connue comme à nous. Cette relique est petite ; mais, Messieurs, vous excuserez, s'il vous plait, des gens qui sont dans une occupation quasi ordinaire de rompre celles qui nous restent (2), tant la dévotion de nostre patron s'est accrue et échauffée en ce siècle ; et vous vous consolerez plus aisément sur l'assertion de ce bon Père qu'en l'église si fameuse et si célèbre de Saint Nicolas de Port en Lorraine, il n'y a

---

(1) Allusion à l'épreuve que Gengoult fit subir à son épouse pour reconnaitre si elle était coupable envers lui.

V. *Les Fleurs des vies des Saints recueillies par le R. P. Ribadeneira de la Compagnie de Jésus.*

(2) D'après un titre du fonds de la collégiale de Saint Gengoult, de Toul, déposé aux Archives de la Meurthe et Moselle et à nous signalé par M. H. Lepage, archiviste, ces reliques avaient été données en 1404 aux chanoines de cette collégiale par ceux de Varennes dans l'église desquels Saint Gengoult avait été inhumé. Toutefois le culte de ce saint à Toul remontait à une époque bien plus reculée, ainsi qu'il résulte des lettres de S. Bernard 139e à l'empereur Lothaire et 178e au pape Innocent II où il se plaint de l'oppression de l'église Saint Gengoult, de Toul. Dans sa lettre à l'empereur il s'exprime ainsi : Cur apud Tullum res Domini minuitur cum Cæsar nihil ibi lucretur ? verendum estne minimorum neglectus impedimentum sit maximorum ? Hoc est quod dico ecclesia sancti Gengulphi graviter injusteque, ut dicitur, in illa civitate opprimitur.

qu'un article d'un des doits de ce grand évêque (1). Au reste vous nous avez fait part des grâces extraordinaires que les affligés des gouttes reçoivent en vostre pays par les mérites de ce glorieux martir ; et nous vous dirons qu'au nostre on l'invoque principalement pour ces maux qui viennent en façon de panaris aux doits, et le remède en est ordinaire et infaillible, appliquant dessus un certain onguent que notre sacristain bénit en invoquant St-Gengoul. Mais nous ne pouvons pas vous dissimuler le grand malheur dans lequel nous sommes tombés depuis quelques années : un cas de vol et sacrilège commis par un de nos petits officiers d'église qui a dépouillé et emporté les richesses de la chasse où reposent les reliques de nostre glorieux patron et qui les a dissipées, en sorte que 200 pistoles ne la sauroient réparer. Si vostre zèle charitable et bons offices pouvoient souffrir qu'auprès du tronc que vous tiendrez en une chapelle, on y en mette un autre pour y jetter les aumosnes que les personnes dévostes à ce saint voudroient faire dans la pensée d'avoir part aux mérites de la réparation de cette

(1) M. Bretagne a publié à Nancy en 1873, une brochure intitulée *Le reliquaire de S. Nicolas de Port*. Ce reliquaire qui n'existe plus, datait du xvᵉ siècle : il avait la forme d'un bras et aurait renfermé non pas un doigt, comme le disent ici les chanoines de Toul, mais un bras du saint évêque. La réputation du pélerinage qui s'était établi à Port était universelle. Un habitant de la paroisse Saint Josse au Val à Montreuil, Adrien Léger, atteint de la peste à l'Hôtel-Dieu, s'exprime ainsi dans son testament du 10 août 1596 : « Je vœulx, dit-il, que mes exécuteurs me face descharger et acquiter d'un pélérinage que je doy à Monsieur Sainct Nicolas en Lorraine, et audit lieu faire chanter une messe à mon intention sy tost après mon trespas. »
Archives hospitalières de Montreuil.

chasse, nous chercherions les occasions d'en mériter la faveur par des moyens qui assurément vous seroient agréables, et nous pourrions recevoir leurs charités en les adressant suivant le billet inclus.

Cependant nous sommes,
Messieurs,
Vos très humbles serviteurs.

Les Doyen, Chanoisnes et Chapitre de l'insigne église de St-Gengoul, de Toul.

CAILLIER, Chanoine.

par ordre de Messieurs.

A Toul, le 18 décembre 1671.

Les reliques du saint furent solennellement reçues à Montreuil, le 15 février 1672, ainsi que le constate le procès-verbal de leur dépôt dans la paroisse Saint Josse au Val que nous donnons ici :

« L'an mil six cent soixante douze et cejourd'hui lundi quinziesme du mois de février, Nous, frère François Coupier, prestre, religieux de l'ordre de Saint Dominique, professeur en théologie, enfant de Montreuil, certifions à tous ceux qu'il appartiendra qu'ensuite de l'ordre à nous donné en la ville de Toul en Lorraine par Messieurs les Doyen, Chanoines et Chapitre de l'église collégiale de Saint Gengoul en la ville de Toul, du 18 décembre 1671, sous le sceau autentique dudit Chapitre, signé : Perpignan, doyen ; Fre Haussonville et Fre Caillier, secrétaire dudit Chapitre, par lequel ils nous avoient mis en mains les reliques qu'on appelle la nuque du col de

S. Gendulphe ou Gengoul par eux données à Messieurs
les Curé, Marguilliers et Paroissiens de l'église paroissiale de S. Josse au Val, de Montreuil, pour estre vénérées
et servies en la chapelle de S. Gengoul érigée dans
l'étendue de ladite paroisse, les dites reliques certifiées
et approuvées telles que dessus par mesdits sieurs les
Doyen, Chanoines et Chapitre dudit S. Gengoul, de Toul,
lesquels m'avoient fait aussi porteur d'une lettre par eux
écrite à mesdits sieurs les Curé, Marguilliers et Paroissiens de Saint Josse au Val dattée à Toul le 18 dudit mois
de décembre dernier, icelle aussi certifiante de la vérité
de ladite relique enfermée et cachetée dans la boëte y
reprise ; et ainsi porteur desdites pièces et de ladite
relique, nous nous serions acheminé en la ville de Paris
où étant, et de tout en parlé à Monseigneur l'évesque
d'Amiens (1) en son hostel, rue de Richelieu à Paris, et
luy fait voir les pièces et les reliques susdites, ledit seigneur évesque nous auroit renvoyé en sa ville épiscopale
d'Amiens par devant ses vicaires généraux de ladite ville
d'Amiens. A quoy obéissant et nous y étant rendu le
cinquiesme présent mois de février, et le tout mis en
mains de noble homme François Joyeux, prévot-chanoine
de l'église Cathédrale d'Amiens, docteur en théologie et
grand vicaire au spirituel et temporel de mondit seigneur
évesque, lequel après avoir exactement lu et considéré
tout ce que dessus auroit par ses lettres d'approbation de
luy signées et de Pelouyn, son secrétaire, et sur le sceau

---

(1) François Faure, orateur de grand mérite, qui se faisait souvent
entendre à la Cour.

de mondit seigneur évesque d'Amiens, audit Amiens, le
six présent mois, à nous mises pareillement en mains,
nous nous serions rendu en ladite ville de Montreuil le
10 présent mois ; et de tout ayant donné avis à mesdits
sieurs les Curé, Marguilliers et Paroissiens de l'église
Saint Josse au Val, et pour rendre les choses au point et
dans l'ordre plus décentes et convenables à la gloire de
Dieu et vénération desdites saintes et précieuses reliques,
nous aurions résolu et en remis la cérémonie avec
M• Jacques Heuzé, écuier, seigneur de Gorguechon,
licencié en droit, avocat en Parlement, prestre et curé
propriétaire de ladite église et paroisse de Saint Josse
au Val (1). Et ce jourd'huy, huit heures du matin, à
laquelle heure, étant accompagné dudit sieur Heuzé et
de vénérables et discrètes personnes Dom Placide Dupire,
prestre, religieux profès et prieur de l'abbaye Royale de
Saint Sauve audit Montreuil, de noble homme M• Pierre
Heuzé, curé de Notre Dame de cette ville, de Dom Josse
Vasseur, prestre, religieux profès de ladite abbaye, de
M• Jean Dumont, prestre, chappelain de Saint Martin
d'Esquincourt, de M• Nicolas Lesseline, prestre, vicaire
de ladite église de Saint Josse au Val, de Claude Prevot,
d'Antoine Grossel, d'Estienne Lostellier, tous trois
marguilliers en charge de ladite esglise, d'honorables
hommes Jacques Pollet, ancien vice-mayeur de ladite
ville, ancien paroissien et marguillier de ladite esglise,
de Gilles Le Roy, ancien échevin de la ville et marguil-

(1) L'abbé Jacques Heuzé avait succédé comme curé de Saint Josse
au Val à l'abbé Josse Sannier, décédé le 26 août 1666.

lier de ladite esglise, de Philippe Egret, ancien marguillier, de Jean Bocquet, Louis Queval et Louis Fas-
quel, tous anciens marguilliers de ladite esglise, nous
nous serions transporté à la porte entre ladite ville
haute et basse audit Montreuil (1), où étant et en la
présence des susnommés et de Gaspard Duteil, écuier,
seigneur de la Pénide, sergent major des dittes ville et
citadelle de Montreuil, et de Henri Heuzé, écuier,
seigneur de Hurtevent, conseiller du Roy et son lieutenant général au Baillage d'Amiens établi en cette ville,
et autres personnes, nous aurions fait l'ouverture de
ladite boëte reprise dans lesdittes lettres et fait lecture
d'icelle. Ce fait, nous nous serions transporté processionnellement dans ladite chapelle en laquelle ledit
sieur Prieur y a chanté la messe solennelle dudit Saint,
ledit sieur Heuzé, curé de Notre Dame, étant diacre et
ledit sieur Curé de la Basse Ville sous-diacre, les autres
tenans le chœur et portant chappes ; et à laquelle messe
nous avons fait la prédication à la gloire de Dieu et
honneur dudit Saint. Ce faisant, ladite messe ainsi
chantée, nous serions retourné dans ladite esglise de
Saint Josse au Val où étant et en la présence desdits
susnommés, nous aurions mis et laissé en mains et
possession desdits sieurs Heuzé, curé, marguilliers et

---

(1) Cette porte, alors située au haut de la Grand Rue de la Basse
Ville et connue sous le nom de *Porte Lauresche* ou *Eauresse*, avait
été reconstruite sous François Ier. En 1600 Henri IV y fit graver cette
inscription glorieuse détruite sous la Révolution : « *Fidelissima Picar-
dorum natio.* » Elle fut supprimée en 1827 et remplacée par la porte
actuelle dite de Boulogne.

paroissiens de laditte esglise de Saint Josse au Val lesdittes
saintes reliques en obéissant par nous aux dittes lettres
et certificats que pareillement nous leur aurions mis en
mains et possession pour en estre les fidèles conserva-
teurs ; et lesquelles reliques auroient esté mises dans
le tabernacle de laditte esglise par ledit sieur Heuzé,
curé de laditte Ville-Basse, en attendant qu'ils fassent
un reliquaire pour les poser dedans avec décence et
honneur. Et lesquelles lettres cy-dessus reprises avec le
présent procès-verbal ont esté enregistrés au registre
baptistaire de laditte esglise de Saint Josse au Val pour
y avoir recours et servir de double si le cas y échéoit.
Et en approbation de tout ce que dessus, Nous, F. Coupier et Curés et autres susnommés, avons signé ces
présentes qui furent faites et expédiées les jour et an
que dessus. Aussi présens Dom Jacques Delahode,
religieux profès de Saint Sauve, Henri Cossette, chevalier,
seigneur de Beaucourt, lieutenant pour le Roy des ville
et citadelle de Montreuil, François le Potier, sieur de
la Hestroye, conseiller du Roy et son lieutenant particu-
lier audit baillage et majeur de la dite ville, Noel
Queval, Denis Coupier et Jean Delattre, échevins, et
Pierre Jouvin, écuier, sieur des Loges, capitaine des
portes audit Montreuil, qui ont tous signé sur l'original (1). »

Lorsque les ossements du saint eurent été déposés
dans la chasse offerte par les fidèles, le clergé de la ville
les transporta processionnellement à la chapelle. Ce
sanctuaire, dont la direction était plus spécialement

---

(1) *Archives communales.*

— 15 —

confiée au vicaire de Saint Josse au Val, devint alors plus fréquenté que jamais ; le nom de Gengoult se popularisa ; on le retrouve parfois dans les actes de cette époque et, durant deux siècles, loin de diminuer, cette ferveur ne fit que s'accroître parmi les populations.

Les Curés de Saint Josse au Val (1), les abbés Ravier et Rabouille entre autres, ne négligeaient rien du reste pour l'entretenir en faisant chaque année appel à l'éloquence bien connue des pères Carmes, Capucins ou Bénédictins de la ville, pour le panégyrique du saint.

L'abbé Dubocquet fut toutefois celui qui contribua le plus à la conservation du culte de Saint Gengoult à Montreuil. Depuis longtemps, l'édifice consacré à ce saint menaçait ruines, et l'autorité diocésaine avait été forcée d'en prononcer l'interdiction. L'abbé Dubocquet qui, plus que tout autre, avait appris, à la suite du récent écroulement de son église, tous les inconvénients d'une construction sur un terrain marécageux, résolut alors l'abandon définitif de l'antique chapelle. Grâce aux dons des fidèles et aux offrandes des pélerins, bientôt il en construisait une autre dans la partie basse de la rue des Meuniers, autrefois rue Saint-Christophe d'après les manuscrits du xv° siècle (2), et, le « deuxième jour

---

(1) Le plus ancien curé connu est l'abbé Henry Ducrocq cité dans des titres de 1457 et 1461, et le plus ancien vicaire, l'abbé Jacques Maillard « exerçant la cure dudit Saint Jodce » en 1563.

(2) « Le rue du Val par laquelle on deschent aux molins nommée le rue Saint Cristofle, » dut ce nom sans doute à l'existence d'une statue de Saint Christophe érigée dans ses abords. C'était une croyance très répandue au moyen-âge que celui qui voyait ce saint le matin était préservé de mort subite pour la journée ; on disait : *Christophorum*

» de septembre 1774, jour de Saint-Leu (1), sur les
» six heures du matin, » dit-il dans une de ses notes,
avec la permission de Mgr de Machault, évêque d'Amiens,
il lui était donné de la bénir au milieu d'une nombreuse
assistance.

Bien modeste était le nouvel édifice, bâtiment sans
architecture, avec charpente apparente, qu'éclairaient
quelques fenêtres cintrées et sur le mur occidental
duquel était assis, comme il en existe encore dans
quelques communes, un clocher-arcade d'une primitive
simplicité. Mais qu'importait aux pèlerins, qui y affluaient
de toutes parts, un luxe auquel ils ne songeaient même
pas ?

Il fallut la Révolution pour arrêter cet élan des populations ; la chapelle de Saint-Gengoult, comme les autres
édifices religieux, fut alors fermée, et les objets qu'elle
contenait eussent disparu si, pour les soustraire aux
recherches, de pieuses personnes ne s'étaient empressées
de les déposer dans l'ancienne chapelle dont la destina-
tion avait été changée en 1775, ainsi qu'une date placée
sur un bâtiment le constate encore, mais où cependant
les fidèles, après avoir honoré leur saint dans sa nouvelle
Chapelle, n'avaient cessé de se rendre pour puiser de

---

videas, postea tutus eas. Au nº 28 de cette rue est né, le 26 août 1766,
le général de division Pierre Hugues Victoire Merle dont le nom,
presque inconnu à Montreuil, se lit sur l'une des faces de l'arc de
Triomphe de l'Etoile.

(1) La fête de Saint Firmin le Confesseur tombant le 1er septembre,
celle de Saint Lou, dans le diocèse d'Amiens, n'était célébrée que le
lendemain.

l'eau de la fontaine, qu'ils croyaient salutaire pour la
guérison de la fièvre, des affections de la peau et d'autres
maladies.

Malheureusement ce dépôt n'avait point été effectué
avec toute la discrétion voulue, et il suffit de la dénon-
ciation d'un des énergumènes de la Société Populaire
pour amener la destruction du reliquaire contenant les
restes du Saint vénéré. Laissons parler M. Charles Henneguier d'après les dires des contemporains :

« Le 9 vendémaire an II (30 septembre 1793), après
midi, André Dumont, alors en mission dans les Dépar-
tements de la Somme et du Pas de Calais, après avoir
fait porter sur la place Saint Saulve les reliques et les
statues en bois des abbayes, paroisses et couvents de
Montreuil, y fit mettre le feu par un vicaire constitu-
tionnel et une religieuse de l'hôtel-Dieu qu'il força de
sortir du cloître pour la circonstance.

» Le matin, il avait fait abattre les statues du portail
de l'abbaye de Saint Saulve : c'était une journée laborieuse
pour laquelle il avait bien mérité de la République (1).

---

(1) André Dumont était un de ceux qui n'hésitaient pas à se décerner
le titre de Sauveur de la Patrie. A la suite d'un nouvel auto-da-fé
organisé par lui à Montreuil à l'occasion de la reprise de Toulon aux
Anglais, le 8 nivose an II (28 déc. 1793) il écrivait de Boulogne à la
Convention : « Je crois pouvoir vous dire et assurer que le Département
« de la Somme et les Districts de Montagne sur Mer et Boulogne sont
» sauvés. Une nouvelle lumière éclaire tout ce pays, et tous les projets
« des scélérats ont été déjoués. A Montagne sur Mer, la Société répu-
« blicaine était de deux cents membres, elle n'est plus que de trente.
« Il n'y a plus d'église, et les citoyens n'ont qu'un seul vœu : la Répu-
« blique ou la mort. Les saints et saintes y ont été brulés en réjouis-
» sance de la reprise du Port de la Montagne. »
Darsy, *Amiens et le Département de la Somme pendant la Révolution*,
Amiens, 1883, t. II, p. 229.

» On n'avait pas songé au petit reliquaire de Saint-Gengoult qui se trouvait encore dans son ancienne chapelle de la Ville Basse, et il allait échapper à la destruction lorsqu'un nommé V*** ancien domestique des nobles, qui, après avoir dénoncé et fait arrêter ses maîtres, était devenu l'un des bavards les plus dangereux du club de Montreuil, le signala du haut de la tribune. Alors un franc vaurien courut chercher la châsse et la jeta parmi les autres sur le bûcher.

» L'indignation publique n'osait trop se faire jour ; mais un habitant de la Ville Basse dont je regrette d'avoir oublié le nom, ne pouvant pardonner à ce misérable sa mémoire inopportune, jura de la lui faire payer s'il s'en offrait une occasion. Elle se présenta très favorable quelques mois plus tard.

» Joseph Le Bon, lui aussi, vint à Montreuil pour renouveler les autorités suspectes de *modérantisme* et procéder à l'épuration de la *Société Populaire* dont V... était membre. Du haut de la chaire de Saint Austreberte il enjoignit à chaque membre de cette Société de déclarer à son tour, s'il était bon citoyen, bon fils, bon mari, bon père, homme vertueux et ce qu'il avait fait pour la République ; il ordonna aux assistants, sous peine d'incivisme, de contrôler et contredire au besoin les déclarations de chacun, et s'engagea à faire emprisonner quiconque aurait eu l'audace de mentir.

» V... ne manque pas de s'attribuer les plus excellentes qualités ; parmi ses travaux pour la gloire de la République, il cita en première ligne — et c'était justice — sa campagne à la Chapelle de Saint Gengoult : « J'ouvre

» la boîte, dit-il, et qu'est-ce que je vois ?,... un magot
» qui avait des cornes, mais des cornes d'une longueur...»
Par cette grossière plaisanterie, il entendait faire allusion
aux misères conjugales de Saint Gengoult.

» Ce malencontreux souvenir surexcite la colère peut-
être assoupie, de notre Ville Bassien. Il bondit et s'écrie :
« Citoyen représentant, je demande la parole !... Et
» l'ayant obtenu : N'écoutez pas cet homme, citoyen :
» c'est un bavard et un menteur ! Il s'est donné toutes
» qualités qu'il n'a pas. Il a été mauvais fils ; il a volé
» ses maîtres ; il est mauvais mari, mauvais père ; il
» est ivrogne ; il a tous les vices, et pour ce qui est de
» son civisme, je lui ai entendu dire, tel jour, que la
» constitution était bâtie comme un fagot. »

» Cette tirade, et la finale surtout, anéantit V..., il lui
fut impossible de desserrer les dents, et d'articuler un
seul mot. Mais Le Bon furieux : « Comment, tu as
» menti !! Tu as osé dire que la Constitution était bâtie
» comme un fagot !! Qu'on mène ce malheureux en
-» prison jusqu'à ce qu'il reçoive de mes nouvelles. »

» Il y alla fort bien : je ne sais même pas trop ce qui
en serait résulté pour lui si la chute de Robespierre
n'avait pas arrêté le voyage de Le Bon qui, quelques
jours plus tard, devait selon sa promesse, revenir à
Montreuil, escorté de la guillotine.

» J'ai entendu cent fois, ajoute M. Ch. Henneguier, et
toujours de la même manière, raconter cette scène par
dix témoins oculaires. Quant à V... tout le monde l'a
connu, il est mort à Ecuires vers 1840, dans un âge fort

avancé et toujours sous le nom de *V....* *chë menteu*, ou encore sous celui de *Vëü Saint-Gandouffe* (1) ».

Comme il arrive toujours lorsqu'on porte atteinte aux croyances séculaires, le temps, on vient de le voir, n'avait pu effacer de chez les habitants de la Basse-Ville l'émotion que leur avait causée la destruction du reliquaire de Saint-Gengoult dont d'ailleurs ils avaient su perpétuer le souvenir par la qualification donnée à la personne de son auteur.

Aussi, sitôt après le Concordat, et pour atténuer les regrets qu'ils avaient éprouvés de la suppression de leur église paroissiale, réclamèrent-ils tout au moins le rétablissement de leur ancien pèlerinage. Ce ne fut pas en vain, car bientôt, avec la permission de Mgr de la Tour d'Auvergne-Lauraguais, évêque d'Arras, l'humble chapelle de la rue des Meuniers était rouverte au culte et desservie par l'un des vicaires de l'église Saint-Saulve ; heureux chacun de revoir exposée à la vénération publique, à défaut du reliquaire, la statue équestre du saint costumé en chevalier de la Renaissance. Alors la ferveur du peuple prit un nouvel essor ; le concours des fidèles qui s'y rendirent pour prier le saint de leur accorder ce dont lui-même n'avait pu jouir : la bonne union en ménage, redevint considérable, et il ne cessa de l'être jusqu'au moment de la réouverture de l'église Saint-

(1) Sauf le nom du destructeur du reliquaire que nous taisons, celui de son dénonciateur étant resté inconnu, et un passage que nous nous sommes permis de rectifier à l'aide de documents recueillis depuis sa rédaction, nous avons reproduit textuellement cette note à nous communiquée par M. E. Duval.

Josse-au-Val en 1854, époque à laquelle la chapelle de
Saint-Gengoult fut définitivement supprimée (1).

M. l'abbé Derollez (2) dédia alors une chapelle spéciale à Saint-Gengoult dans sa nouvelle église, et, le 10
mai 1856, il y déposait des reliques du saint qu'à

---

(1) L'église Saint-Josse-au-Val occupe l'emplacement d'un ermitage de
Saint-Josse. C'était une construction gothique à trois nefs qui s'écroula
au xvᵉ siècle à cause de la nature marécageuse du sol. On la releva
et elle fut de nouveau détruite le 13 avril 1771 à une heure de l'après-
midi, ensevelissant sous ses ruines les nommés Jean-Nicolas Petré,
âgé de 15 ans, J.-B. Josse Thiébaut, âgé de 13 ans, et Jacques Four-
croi, garçon cordier, âgé de 25 ans. Rendue au culte par l'abbé
Dubocquet dès le 30 novembre suivant, elle fut aliénée sous la Révolution.

L'autorisation d'ériger une église à la Basse-Ville ayant été accordée
aux habitants le 15 avril 1854, l'ancienne fut échangée par M. Havet
contre la chapelle de Saint-Gengoult et restaurée aux frais de M. l'abbé
Mailly, chapelain de l'ambassade française à Londres, qui en fit don à
la ville le 9 février 1859. Une médaille en cuivre, de grand module,
rappelle le souvenir de la réouverture de cette église. En voici la
description : *Bonus pastor hoc templum restituit.* Dans le champ, la
représentation de l'église. A l'exergue : *A. Garnier*, R. Inscription en
sept lignes entourée d'étoiles : *Eglise de Saint-Josse-au-Val de Montreuil
sur Mer rendue au culte le 15 juin 1854 sous le règne de Napoléon III.*

Cette église, dotée plus tard d'une relique de S. Josse par M. le chanoine Braquehay, n'a rien de remarquable comme architecture. Mais
on y voit : un bénitier du xiiiᵉ siècle ; sous les fonds baptismaux ac-
tuels, une pierre tumulaire en grès portant une courte inscription en
langue vulgaire avec le millésime de 1243, et près de la porte d'entrée,
autrefois le transept, les restes de carreaux de terre cuite du pays,
les seuls que l'on connaisse, sur lesquels était figuré au trait, entouré
d'une longue inscription, Jehan Baillon, tanneur, époux de Jehanne
Havet, décédé au commencement du xviiᵉ siècle. Il est regrettable
que, placés où ils sont, ces précieux débris soient tôt ou tard destinés
à disparaître.

(2) Mort le 2 mai 1868 à l'âge de 48 ans.

l'exemple de l'abbé Jacques Heuzé, en 1671, il avait
récemment obtenues du chapitre de Toul en remplace-
ment de celles qui avaient été détruites lors de l'auto-
da-fé du 9 vendémiaire an II.

De nos jours, la dévotion à Saint-Gengoult a considé-
rablement diminué, et bientôt d'un pèlerinage jadis si
florissant il ne restera plus que le souvenir (1).

Depuis l'impression de ces lignes, nous avons été
assez heureux de retrouver le couplet suivant d'un can-
tique ou plutôt d'une complainte en l'honneur de saint
Gengoult que nous avions recueilli déjà depuis plusieurs
années de la bouche d'un ancien. Ce couplet, le seul
que nous connaissions, paraît devoir ne point remonter
au-delà du XVIIe siècle. Le voici :

> Plaignez de saint Gandouffe,
> Les malheurs, les méfaits ;
> De madame, j'étouffe
> A dire les forfaits.
> Avec la cornemuse
> Célébrons les hauts faits,
> Et que chacun en use
> A louer ses bienfaits.

---

(1) Cependant il est juste de rappeler ici les protestations que
souleva dans ces derniers temps l'enlèvement de la statue de Saint-
Gengoult de la chapelle qui lui est consacrée, pour la remplacer par
une statue de Notre-Dame de Lourdes. Ces protestations, auxquelles
il fut fait droit en partie, démontreraient que l'indifférence dont est
aujourd'hui entouré le culte de Saint-Gengoult à Montreuil serait
plus apparente que réelle.

AMIENS. — TYP. DELATTRE-LENOEL, RUE DE LA RÉPUBLIQUE, 32.

267